자꾸자꾸 사람이 예뻐져

자꾸자꾸
사람이 예뻐져

김승일 시인과 함께 펴낸 조남예 시집

시인의 말

나 74년을 살고서
시인과 함께 이인삼각을 했네

고생시켜서 죄송합니다
고마워요, 고맙습니다

추천의 시
이금희(방송인)

이것은 시가 아닙니다.
한숨이며 탄식, 울음입니다.
학교 가는 친구들 뒷모습 보며
홀로 눈물 훔치던
할머니의 소녀 시절입니다.

이것은 절대로 시가 아닙니다.
환호이자 감탄, 그리고 미소입니다.
글을 알게 된 게 너무나 기쁜
할머니의 어린아이 같은 마음입니다.

그런데 이상합니다.
늘 입으로 하던 말,
평소에 자주 보던 글자인데
읽으면 자꾸만 눈물이 납니다.

고생시켜서 죄송합니다.
고마워요, 고맙습니다.
······
읽고 쓰는 것이 좋아.

이 평범한 단어들이
눈에 들어오는 순간
갑자기 울컥합니다.

그러니
이것이 시가 아니고
무엇이 시라고 하겠습니까.

태어나 처음으로 나를 위해 산
새 책상에서
한글을 배우니
세상이 밝아졌다고 하고,
내 이름을 쓰면서
너무 예쁘니 잎였다고 하는데
어찌
시인의 마음이 아니라 할 수 있을까요.

많이 배우고
그래서 아는 것도 너무 많지만
정작 내 맘은 모른 채
치열하게 살던 어느 날,
조남예 시인은
가만히 곁에서 말을 걸어 줄 겁니다.

항상 열심히 살아 줘서 고맙다.
우리 언제나 건강하고 행복하게 살자.
사랑해.

차 례

제1부 한글을 배워서

제2부 일흔넷 조남예

제3부 시인이 되고 싶어

제4부 우리 만났으니 사랑해

1부

———

한글은 배워서

* 일러스트 조남예

한글을 배워서

밝아졌다

글자를 써 내려갔다

새 책상

읽고 쓰는 것이 좋아

새 책상을 샀어

나는 시를 썼어

처음 말놀이

장난치다가 다쳤다
문이 저절로 닫혔다

진도가 너무 느리다
바지 길이를 늘이다

내가 돋보기를 잘 맞췄다
내가 받아쓰기를 잘 맞혔다
오늘은 수업을 일찍 마쳤다

기도하느라 밤을 새웠다

학교 가는 길

내 이름을 쓰면서
너무 기뻐서 울었어

학교 갈 때는
너무 좋아서 웃었어

우리 자식들 손주들 이름을 다
쓸 수 있게 되었어

소원이었어

시험 볼 때는
너무 두근두근해

그래도 학교는 좋아

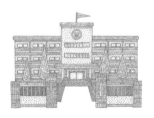

평생 알고 썼지만

? 물음표
물어보고 싶을 때가 있었어

! 느낌표
외치고 싶을 때가 있었어

, 쉼표
삼깐 쉬어 가고 싶을 때가 있었어
그리고, 강경장에 가서,
떡, 오이, 파, 시금치를 샀어

글자로 쓰고 싶었어

가르쳐 주는 대로 다 배우고 싶은데

머릿속에 안 들어가니까 참
속상해요 자꾸 배운 걸 까먹어요
젊은 사람들이 열 글자 배우면
저는 한 글자 배워요
그래도 한 글자씩 들어가긴 해요

나는 시험 볼 때 왜 두근두근하나

시험이 두렵고 떨려서 두근두근한 게 아니라
시험이 좋아서 두근두근한 거예요
시험을 볼 수 있다니 잠을 못 잤어요

캄캄했어요

버스를 타려고 해도
글자를 모르니까 캄캄했어요

손주들이 그림책 가지고 와서
물어볼까 조마조마했어요

면사무소에 가려고 해도 서류 같은 거
작성하라고 할까 봐
주눅이 들었어요

글자를 아니까 사는 게 재미있어요
이젠 간판도 술술 읽고
노선표를 확인하고 버스를 타요
학교 다니는 재미로 살아요

생각나서 쓴다

74년을 살았는데
보탬이 되는 사람이 되고 싶다
74년을 살았는데
소원은 공부를 잘하는 것이다

책 한 권이 인생을 바꾼다
계획표를 짜면 시간을 아낄 수 있다
받아쓰기 공책이 어디에 있는지 모른다

병원에 들렀다가 생각나서 쓴다

2부

일흔넷 조남예

제가 시방 학교에 다니고 있어요 중학교요
초등학교는 재작년에 졸업했고요

1남 3녀 중에서 맏이로 태어났어요
육이오전쟁 중에 아버지가 돌아가셨어요
학교 문턱은 밟아 보지도 못했어요
글을 모른 채 평생을 살았지요
가슴속 한이었어요

학교 가는 긴 시를 짓고
제목 밑에
일흔넷 조남예라고 썼어요

면장 집 딸만 학교에 갔어

동네 친구들 같이 노는데
연순이도 학교에 안 갔어

연순이가 내 팔뚝을 물었어
나는 더 세게 물었어
연순이랑 언니가 쫓아와서
나는 역성들어 줄 사람이 없었어

학교에 나는 안 갔는데
여덟 살에서 아홉 살로 살아가고 있었어

임천 고란사 별신제는 일 년에 한 번뿐이었어
은산에서 충하까지 긴 행진을 하고 있었어

강경장 가는 날

옛날 그 시장이 얼마나 큰 시장인 줄 알아요? 강경 시장이. 그때 강경이 세계에서 다 다녔어. 나룻배 타고 기선 타고 거기서 많이 살았어. 나 열 살에서 스물 몇 살까지 살았어. 세도 임천 강경 양화. 그중에서 강경 시장이 제일 컸어. 강경이면 강경 시장이지. 강경에 있는 물다 떠먹고 살았어. 겨울에는 얼음 타고 다니고 빨래터가 있었잖아. 일했지. 애기 봐 주고 이모 집에서. 근데 강경 시장이 얼마나 큰 시장인 줄 알아요? 세계에서 다 다녔어. 오일장 오월 사일에 나룻배를 타고 기선을 타고 부여에서 강경으로. 멸치젓 황새기젓 복쟁이 조기 갈치 꽁치 우여. 임금님 사는 곳에만 우여가 있었다고. 우여는 임금님만 먹는 고기랴. 강경 장날 개미만큼 많은 사람들이 있었어. 세계에서 사람들이 다 온 것 같았어. 비단 장수 왕 서방 짜장면 장수도 왕 서방. 개구리참외 여름 수박 토마토 자기 심껏 들고 와. 양손 가득 먹을 걸 기다리는 사촌 동생들이 있었어. 이모 집에서 눈칫밥을 안 줘도 먹게 되는 날들이 거기 있었어.

말을 못 했어

비가 오면 물고기가 튀어 올라와
샘물 따라 올라와
소쿠리를 들고 떠다 먹었어

셋째 임신해서 미꾸리가 먹고 싶어
연락을 했어 친구 윤정이에게

옥수수도 먹고 싶었는데
윤정이가 옥수수를 안 좋아해
말을 못 했어

매산골 장화홍련전

어머니 아버지는 정월 대보름 날에 장구를 쳤다

할머니와 두 번 매산골 탑산에 놀러 갔다

조상 할머니 기원하려고 새끼를 꼬았다

봄에 개구리가 개굴개굴

시집을 갈 때까지 가마니를 짰다

왕개구리는 왕왕 울고

참개구리는 개굴개굴

산성에 갔다 와서

동네 사람들 하고 고요하게 놀 때
정월 보름달이 떴을 때
끌어안아 주었어요

삶
어느 것이 먼저 뜨거워질까요
삶
뜨거운 냄비 속의 터였어요

결혼식 날

12월 14일 결혼식 날
눈이 퍼부어 댔다
머리하러 시내 가다가
강경 나루 못 건너
동네 미장원에서
머리 올리고
얼마나 추웠으면
서 우 마민한 정름이
쩍 하고 갈라졌다
이십 리 길 트럭 타고
시집가는데
세 살 때 돌아가셨다는
아버지 생각
어머니가 개가하시며
데리고 간 동생 생각

충남 부여 성흥산

내가 사람을 좋아하나 봐요
기진맥진 높은 산에도
사람들이 가니까 따라가고 싶었어요

제일 높은 곳 다 보이는 곳
해가 떠오르는 마음 후련한 곳
함께 높은 곳을 볼 수 있으니까
함께 많은 곳을 볼 수 있으니까

동네 사람들과 함께 올랐어요
친해지려고요 더 친해지려고요
외롭게 혼자서 볼 곳은 다 봤으니까

또 따라갔어요 아이까지 업고
힘들지만 자꾸 가니까 갈 만하다 갔어요
내가 가면 사람들도 가니까
사랑하는 사람들이 가는 곳이니까

아버지 상감님

아버지가 아들한테 막 시켜
짠해 안 시켰으면 좋겠어
학교 가는 애한테 담배 사 와
라이터 사 와
마음이 안 좋아 무서워

커다란 수박처럼

수박 칸이 많아서 무서워
수박 안 먹고 싶어
농약 하는 게 너무 싫어
나 좀 도시로 데려가 줘

고달픈 나의 삶

농사짓는 게 힘들어
남의 땅에서 시작했어
너무 힘들어 기계가 없었어
다 손으로 손으로 심고 손으로 심고
도시로 떠나고 싶었어
일을 해야 하는데
일 속으로 들어가야 하는데
심니 1.고 궈 1 소고
못줄 옮겨 가면서 다 손으로 심고 나면
돼지도 먹이고 소도 먹이고

강경에 살 때가 생각나 어렸을 때
이모 집에서 얹혀살 때
물을 길러 다녀야 했어
내 일 중에 하나였어
몸이 작았는데 어렸었는데
물동이를 지고 십 리를 걸어갔다가
십 리를 걸어왔어
힘들어도 내 일이니까
해야 했어 살아야 하니까
엄마가 내 곁에 없었으니까

물난리

물난리가 두 번 났어요
한 번은 산사태가 났어요
팔월 논마지기 벼 한 개도 없이
다 덮었어요 많이 울었어요
더는 못 견딜 것 같았어요

대추 한 간 같은 인생

작은아버지 이사 간대서
쌀 열 가마니에 대추밭을 샀네

예쁜 대추들을 팔아
살고 싶었네

오갈병이 왔네
다 오그라졌네

가을날 붉은 대추
보고 싶었네

열 배 가득 베어도
대추 보였네

보름달 초승달
수없이 지켜봤네

엄마 반찬이 생각 안 나

강경장 젓갈
200년 전통이 있는 젓갈 반찬

밴댕이젓 아가미젓 가리비젓
갈치속젓 토하젓 어리굴젓
오징어젓 황새기젓 낙지젓
명란젓 꼴뚜기젓 창난젓
이렇게나 많은데

엄마 반찬은 생각이 안 나
엄마 생각도 잘 안 나
엄마가 날 이모 집에 놓고 갔어
동생만 데리고

그건 잊히지가 않는가 봐
할머니가 됐는데도

3부

___

시인이 되고 싶어

시가 될 수 있나요

제가 여기 나온 이유는 시인이 되고 싶어서예요
글을 배우면서 가장 먼저 하고 싶었던 게
시 쓰기였어요

글자가 글이 되고 시가 될 수 있나요
아직은 몇 개의 단어밖에 못 쓰는데
시가 될 수 있나요

인생과 생각들
자식들에게 해 주고 싶은 이야기들
시로 표현하고 싶어요

한국어로 가득한

받아쓰기 너머

따라 쓰기 너머

내 이야기를 쓰고 싶어

나 때문에 젊은 사람들이 고생을 하네요

시가 어려워요 요리책 내는 것처럼 하면 된다고 사서 선생님이 말해 줬는데 시인 선생님 고생하는 거 아니에요? 너무 힘드신 거 아니에요? 시 배우는 건 재미있는데 시집 될는지 걱정 되네요 내일은 학교 가는 걸 찍는다는데 나 때문에 젊은 사람들이 서울서 일찍 내려온다고 하니 아침 여덟 시에 나 때문에

이 순간이 답답하다

청남중 예술 꽃을 품다 써 놓고 구슬치기 써 놓고 흥남
부두에 비를 맞아 빛나는 밤이 높았다 써 놓고 강점기에
나라를 되찾고자 썼는데 임천면 구교리 대조사 옛 절 써
놓고 미용실까지 왔다 생각이 안 나서 이 순간이 답답하
다

내가 처음 그린 그림

출렁대는 바다를 보면

내 마음도 화해진다

나의 황금기는 지금이에요

시인 선생님과 함께
좋은 사람들을 많이 만나고 있잖아요

맨날 밖에 있던 남편은
이제 집에 있어요

무슨 시가 쓰고 싶어요?

읽으면 읽을수록
우리 모두 행복해지는 시

한결같은 시

우리 손주가 좋아하는
쪽파김치 같은 시

보고 싶을 때
걸려 오는 전화 같은 시

우리 만났으니
사랑하는 시

그렇게 한결같은
시

4부

우리 만났으니 사랑해

* 일러스트 조남예

약속

손주가 어느새 커서 군대 간다고 해요
아들이 군대를 갈 때보다 더 걱정이 돼요

훈련소에 가족 모두 같이 갔는데
집에 도착할 때까지 아무 말도 하지 않았어요

손주에게 한 말은 머릿속에서 뱅뱅 도는데
집에 도착될 때까지 아무 말도 하지 않았어요

손주에게 하고 싶은 말 머릿속에서 뱅뱅 도는데
긴 글로 옮기려니 참말로 갑갑하네요

오늘은 학교에서 하트 그리기를 배웠어요
처음에는 모양이 나오지 않더니
자꾸 연습하니까 모양이 그려지네요

손주에게 사랑을 그려서 예쁘게 자랑한다고 쓰면서
다음에는 더 많은 이야기를 보내겠다고 약속했어요
꼭 약속을 지키는 자랑스러운 할머니가 되겠다고 다짐
했어요

사랑하는 아들, 딸에게

항상 열심히 살아 줘서 고맙다
우리 언제나 건강하고 행복하게 살자
사랑해 엄마가

우리 딸 미용실 하다

우리 딸, 어렸던 아이
손자 영찬이 명섭이를 낳고
그 손자들 군대 가고 대학에 갔구나

머리 빗겨서 학교 보내던 때가
엊그제 같다

이제는 내 머리를 먼저 주는 미용사 되어
미용실의 원장이 되어
흐뭇하고 행복한데

늦은 시간까지 일하니까 마음이
아프다

손녀도 미용사가 되겠다고 한다
행복했으면 좋겠다

아들들

큰아들은 속은 깊은데 땍땍거려요
막내아들은 순진해요
막내라서 사랑을 다 받고 자라서 그런지
사랑을 알아요
임용 고사 봐 가지고 선생이에요
시골에서 와 가지고 성공했네요
큰아들 이야기를 많이 못 했네요
이번에 막내아들네 큰손자가
대학교 시험을 봤대요 내일 또 온대요
막내아들이 데리고 온대요

그래도 나를 막지는 못하지

옛날에는 진짜 태어난 것을 원망했지
학교는 문턱도 못 가
집안일에 돈 버는 일에 정신 나가 살았고

어느 날 눈을 떠 보니
글을 몰라 까막눈이요
잘 안 들려 까막 귀요
그도나도 입을 뻥끗 미소 그 입만 있으니

그래도 나를 막지는 못하지
공부를 해 보네
사는 맛이 다르거든

밝은 세상도 봐야지 갈 때까지
천사님이 부르시면 콩게 가야지

자꾸자꾸 사람이 예뻐져

나 학교만 좀 가르쳐 줘 했어
창피해 교실 문 두드렸을 때, 가나다라
평생 교육원 7년 전 이름 석 자
기쁜지 슬픈지도 모르고 울었어
처음 글을 썼을 때도 울었어 나
시 쓰자고 전화 왔을 때 너무 좋았어
병원에서 목소리가 들떠 있었어
글자를 쓰면 자꾸자꾸 사람이 예뻐져

스물다섯
첫아이 가졌을 때도 부끄러웠어
임천에서 남편을 만나서 시부모님도 없이
부끄러웠어 딸 낳았을 때
그때는 그랬어

그래도 두 번째는 당당했어
막내아들 낳고 밥 먹기 얼마나 당당했는지 몰라
우리 막내 안 낳았음 계속 낳았을지도 몰라
지금 돌아가도 그대로일 것 같아
사람을 낳으면 자꾸자꾸 사람이 예뻐져

사람은 사랑을 받아야 해

사랑 있는 사람과 사랑 없는 사람이 차이 많이 나

집에서 읽고 쓰는 것도 좋지만 친구 집에서
술 마시는 것도 좋아

처음으로 술을 마셔 봤다

김영애랑 박숙이랑 나랑
박숙이 집에 모여서
소주에 정종

출렁출렁 춤도 추고
쉬워요

밤을 새워서
오늘 추워서 집에는 못 가니까

아들이 데리러 왔다

쪽파김치를 만드는 이유

『요리는 감이여』에 쪽파김치가 들어간 것은
손주가 너무 좋아해서요
맛은 없어도 좋아하니까

나는 사랑하는 것이 쉬워졌어요

무지개 그림을 그릴 때랑 쪽파김치를 만들 때
나는 자꾸 출렁이는 마음이 돼요
사랑하는 사람에게 밥을 차려 줄 때도 그래요
바다처럼 출렁출렁 춤을 추잖아요
내가 아는 사랑의 리듬이에요

김장은 금방 했어요

아들도 오고 딸도 오고 손주들이 다섯이나 왔어요
여럿이 달려들어서 했어요 한 시간도 안 걸려서
잘은 못 만들어도 좋아하니까

옛날 시장이 없어졌다

강경장에 갔는데 옛날 시장이 없어졌다. 나루터가 사라지고 다리가 생겼다. 옛날 시장에는 사람이 많았다. 중국 사람도 있었다. 나는 짜장면이 먹고 싶어 이모부를 따라 시장에 갔었다. 시장이 신기했다. 이모부가 뭘 사면 내가 들고 다녔다. 시간이 흘렀다. 새 시장을 봤더니 슬펐다. 시장이 작아지고 아파트를 짓기 시작했다. 돌산도 다 없어졌다. 내 추억이 사라졌다. 옛날에는, 시장 가는 날은 늘 행복했다. 시장에 가는 게 하나뿐인 행복이었다.

아내 조남예 올림

안녕하시오! 세월이 흘러 당신과 만난 지도 오십 년이 지났군요 못 배운 아내와 같이 사시느라 답답하셨지요? 그러나 우리 아들딸들이 잘 사니 그걸로 행복하시기 바랍니다

그래도 보고 싶은 엄마

천국에 계신 엄마
엄마에게 섭섭하고 서운한 게 많았어요

뒷동산에서 동생이 보고 싶어서 울었어요
보고 싶은 마음, 알아주는 사람 없었고
나무를 흔들고 나무를 쳐 봐도 소용이 없었어요

엄마는 동생만 데리고 갔었지요
이모 집에 있는 동안
나는 귀퉁이에 웅크리고 숨어 있는 것 같았다고
이제야 말해요

나는 작아지는 일만 하고 있었어요
친구들은 다 배우고 있었는데
나만 쓸모없는 존재가 된 것 같았어요
나만 빼고
모두 쓸모 있는 존재가 되고 있었어요

밥을 하기 위해서 불을 피우면
연기가 쏟아져 얼굴을 덮쳤어요
엄마가 나에게로 쏟아지는 것 같았어요

엄마가 그래도 나를 위해
기도를 해 주시는 것 같았어요

엄마가 없어서 슬펐지만 나 고맙소
잘살고 있으니
나 걱정하지 말아요
엄마는 어떻게 두고 가셨나요 많고 많은 세상
엄마 돌아가시는 날에 내가 많이 뒤집어시요
6월에

엄마
나는 뜨거운 눈물 속에서 잘 있어요
고생만 하고 가신 엄마
불러 보고 싶은데 못 부르는 내 엄마

남편

혼자 이기고 혼자 말을 잘했는데
이젠 늙어 가지고 말을 안 해요
그래서 이제는 답답해요

화를 내고 금방 돌아서던 사람이
화를 안 내고 삐져요
삐지기도 오래 삐져요

이제는 힘이 없나 봐요
돈 작년까지 벌어 오더니
올해 1월부터 돈을 못 벌어요

힘을 못 쓰니까 조금 불쌍해
가만히 생각하니까 나도
남편 속을 많이 썩였어요

백 번 천 번

우리 동네 사람들에게 고마워요
도시 사람들이 다 시골 사람 같아요
내 눈에는 그렇게 보여요

미운 생각은 다 버리겠어요

미운 생각 옆에 있으면 미워져요
예쁜 생각 옆에 있으면 예뻐져요

아이들도 밉다고 하면 미워져요
예쁘다고 말해 주면 예쁘게 자라나요

에필로그 새로운 시인을 부르는 일

김승일(시인)

"한글을 몰라서, 길에서 만난 간판 글자도 버스 노선도
몰라봐서 너무 답답하고 때론 무서웠어요, 때론 외로웠
어요."

자기만의 언어를 가지고서도, 아직 그 언어에 걸맞은
글자를 만나지 못한 사람들이 있다. 일흔이 되어 한글을
배우고 비로소 시인이 되고 싶다는 꿈을 꾸게 된 조남예
님도 그러했다. '시니어들의 꿈'을 주제로 한 다큐멘터
리, 젊은 시절 품었던 꿈을 이루지 못한 노년의 멘티들
이 멘토링을 받아 꿈을 이루는 과정을 담은 프로그램에
멘토로 함께하게 되면서 나는 그와 만났다.

그의 74년의 세월 속에서 시를 길어 낼 수 있을까. 걱
정과는 달리 우리를 맞아 준 그의 밝은 얼굴에선 글을
몰랐던 시절 느꼈다던 막막함은 찾아볼 수 없었다. 다
만, 밝은 곳으로 걸어가고 있는 당당한 노년의 여성만이
있을 뿐이었다.

"그런데 지금은 한글을 배워서 밝아졌어요. 간판 글자
도 읽고 버스 노선도 읽어요. 한글을 배우니 시를 쓸 수
도 있지요."

그는 그만의 방법으로 반짝였다. 한글 공부를 했다며 보여 준 공책에는 그의 꿈이 가득했다. 그 언어들에 내 마음이 움직였고 나는 그의 언어를 상상하기 시작했다. 그것은 이미 시였다. 나는 그에게 시를 가르치겠다던 마음을 고쳐먹었다. 아, 내가 시를 가르치기 위해 온 것이 아니었구나. 그의 마음 안에 사는 시인의 말을 발견하고 꺼내는 일을 함께하면 되겠구나, 싶었다. 머리로 나아가지 않아도 시는 마음결을 타고 종이 위로 건너온다. 나는 그 경험을 그와 나누고 싶었다. 시는 그의 안에 이미 있다. 간절히 부르면 시인은 그의 안에서 걸어 나와 우리와 꼭 마주할 것이다.

나는 곧 하나의 문장에 온 마음을 빼앗겼다. 삐뚤삐뚤 쓰인 글자들 사이에서 "시인 선생님이 내려오신다고 해서, 책상을 샀어요."라는 문장이 보였다. 내가 그에게서 발견한 첫 번째 시였다.

우리가 이야기하고 있던 거실 한 편에는 정말로 새것처럼 보이는 하얀 책상이 놓여 있었다. 나는 시인의 마음이 되어 그 책상을 여러 번 깊이깊이 쓰다듬어 보았다. 그는 여기서 어떤 꿈을 꾸었을까. 어떤 언어를 떠올렸을까. 표현하고 싶지만 쉬 그려지지 않는 그 언어들을 어떻게 공책 위로 옮겨 놓았을까. 또 앞으로 어떤 막막함 속에서 남모르는 고민을 하게 될까. 나는 "시인 선생님이 내려오"는 일과 "책상을" 사는 일 사이에 존재한 그의 막막함을 짐작해 보았다. 그 안에 무수하게 담겨 있을 마음의 행간을. 거기에는 얼마나 많은 두근거림과 두려움이 담겨 있을까. 나는 그 간극에 시가 있다고 믿기 시작했다. 나는 그에게 앞으로 함께 쓸 시의 주제들을 정리해 달라는 숙제를 내 드렸고, 그는 무언가 알 것 같다는 표정을 지었다.

한없이 반짝이던 그의 언어들

두 번째 만남이 있던 날, 다시 만난 그는 또박또박 쓴 열 개의 시 쓰기 주제를 가져왔다.

1. 아버지 상감님
2. 우리 딸 미용실하다
3. 손주가 어느새
4. 커다란 수박처럼
5. 배움 교실
6. 아들들
7. 고달픈 나의 삶
8. 충남 부여 성흥산
9. 천국에 계신 엄마께
10. 열 번 백 번

그는 그날 더듬지도, 떨지도, 긴장하지도 않고서, 자신의 이야기를 시작했다. 어디서 어떤 말이 시가 되어 살아 나올지 몰라 나는 양해를 구한 뒤 그 대화를 녹음했다. 거기에는 어린 시절 엄마와 헤어져 살았던 이야기, 이모 집에 얹혀살았던 이야기, 어린 나이에 힘든 일을 하며 눈칫밥을 먹었던 이야기, 간혹 균열로만 설핏 보이는 엄마에 대한 복잡한 심정들, 천국에 계신 엄마께 편지 쓰고 싶은 마음, 고향에 대한 특별한 기억들, 지금의 남편을 만나 어렵게 농사를 지으며 살았던 여러 고생의 현장들, 인간의 노력을 깡그리 무너뜨렸던 산사태와 물난리에 대한 두려움, 남편에 대한 여러 감정들, 농사를 그만두고 도시로 가고 싶었던 인간적인 소망들, 어려운 삶의 한가운데서도 잘 자라 준 자녀들에 대한 고마움, 이 세상에 건네는 희망적인 메시지, 그리고 이 모든 것들을 감사함으로 묶어 내는 그의 넓은 품이 담겼다.

그 어떤 시적인 것들도 그냥 두면 녹이 슬기 마련이다. 그러나 74년 만에 비로소 바깥으로 나온 그의 언어들은 한없이 반짝이고 있었다. 나는 외롭고 막막했던 시간에 머물지 않고 지금 가진 것들에 감사하는 그의 모습을 입체적으로 시집에 담겠다고 다짐했다.

"내가 시를 쓰는 할머니예요." — 강경장에서

그는 마음이 신산해지면 강경장에 홀로 간다고 했다. 버스를 타고 몇 시간에 걸쳐, 평탄하지 않았던 그의 젊은 시절을 넘어가는 듯하다. 사야 할 물건이 있거나 가족들에게 맛있는 요리를 대접하고 싶을 때도 간다고. 어릴 적 더부살이하던 시절부터 지금까지 다닌 그곳에 그는 촬영팀과 나를 이끌고 나섰다.

강경의 냄새는 새로운 것이었다. 색다른 냄새가 섞인 바람을 쐬며 나 역시 달라지고 있었는지도 모른다. 나의 시도 조금씩 다른 곳으로 넓어지고 있는 게 아닐까. 그런 마음이 되었을 때, 나도 모르게 강경장의 호떡을 보고 입맛을 다셨나 보다. 그는 호떡을 일곱 장이나 사 왔다. 여기 함께 온 사람들과 나눠 먹자고.

강경장의 젓갈은 이백 년의 전통이 있다고 했다. 그는 단골집이 있다면서 나를 이끌었다. 젓갈집에 들어가자마자 그는 흥정을 시작했다. 우리에게 조금이라도 저렴한 가격으로 젓갈을 한 통 사게 해 들려 보내고 싶었나 보다. 흥정이 쉽지 않자, 그는 비장의 카드를 꺼냈다. "내가 시를 쓰는 할머니예요. 여기 서울서 나 시 쓰는 거 촬영하려고 오신 분들이에요. 그러니까 좀 싸게"라고 자랑 섞인 에누리를 하셨다. 그러자 사장님은 "뭔 소리여, 시를 쓰긴 뭘 써. 이거 방송에서 장터 풍경 찍으러 온 거구면." 하셨다. 우리는 두 분의 대화가 너무 재미있어서 젓갈은 맛을 볼 생각도 못 하고 함박웃음이었다. 옆에 있던 내가 정말 그렇다고, 그가 시인과 함께 시를 쓰고 있고, 그걸 촬영하러 같이 왔다고 말씀드리자 사장님은 놀랍다는 표정을 지었다. "아이구, 정말? 할머니가 멋지구만!" 사장님은 갑자기 유쾌해져서는 젓갈도 싸게 팔고, 덤도 주었다. 우리들의 마음엔 재밌는 풍경 하나가 남았다.

젓갈백반집에서는 16가지의 젓갈을 앞에 두고 처음으로 단둘이 식사를 했다. 나는 하나하나 맛을 보다가 그에게 물었다. "어머님, 여기 젓갈이 이백 년이 됐다고 하는데, 어린 시절에도 이렇게 종류가 많았나요. 정말 종류가 다양해요." 그는 한참을 젓갈만 들여다보다가 천천히 답했다.

"응, 그때는 여기 있는 것 중에서 딱 두세 가지만 있었어. 그것만 먹어도 맛있었어. 그런데 엄마 반찬이 도무지 생각이 안 나……."

그 말에 나는 갑자기 먹먹해져서 한동안 젓갈만 오래 바라보았다. 아픈 기억으로부터 참 멀리도 떠나왔을 텐데, 부르면 어떻게 이렇게도 순식간에, 여기로 찾아오는 걸까. 이모 집에 어린 딸을 놓고 가신 엄마와 지금은 천국에 계신 엄마, 두 존재는 얼마나 멀리 떨어져 있는 것일까. 나는 그의 삶을 더욱 사랑하고 싶어졌다.

지금, 우리 모두의 호시절 ― 이인삼각이 끝나고

그의 안에 살고 있는 시를 세상 밖으로 꺼내는 일이 쉽지만은 않았다. 사실 그의 시는 문자라기보다는 구어에 가까웠다. 그가 한글을 늦게 만난 탓이었다. 글자와 떨어져 살아온 그의 세월들이 시처럼 몰려와 나는 눈가가 뜨거워졌다. 나는 시의 언어에서 잠시 떠나 그의 생활 언어를 들여다보기 시작했다.

그때부터 우리가 시를 써 나가는 과정은 말이 글자를 찾아 바삐 날아가는 모양과도 같았다. 그 언어들은 간절하게 시를 향했다. 삶에 실려 흔들리는 그 갖가지 모양들을 나는 그와 함께 들여다보았다. 그 모든 과정들이 시였는지도 모른다. 그의 시가 문자가 되어갈수록 나는 자꾸자꾸 뭉클하게 환해졌다. 내 심장의 오래도록 차가웠던 부분들이 이제 와 따뜻해지는, 그런 느낌이었다. 상상해 보건대 그의 심장도 새롭게 뜨거워지지 않았을까.

알고 있는 것을 더 정확하게 짚으면서 넘어간 언덕이 있었고 목적지에 도착했을 때만 온전히 보인 어느 풍경이 있었다. 우리는 시집을 함께 만들며 막막한 상황 앞에 종종 놓였지만 가야 할 길이 분명하게 보인다는 것 하나만으로 함께 환하게 웃을 수 있었다.

멘토링이 끝난 이후에도 그는 누구보다도 바쁘게, 누구보다도 아름답게 살아간다. 늘어나는 시편만큼이나 스스로를 더 두텁게 바라보며 세상 밖으로 당당하게 걸어 나간다. 내가 보고 있는 것은 여전히, 그리고 어느 때보다도 빛나고 있는 시인 조남예의 호시절이다.

수개월의 길고 긴 만남 속에서 우린 어떤 가치를 길어 올렸을까. 그는 정말로 전보다 행복해졌을까. 나는 그렇다고 믿고 있다. 나도 그러하니까. 시집 작업을 하면서 나는 시에 대해 다시 돌아볼 계기를 얻었다. 필연인지 우연인지 다음 시집을 준비하는 막바지에 나는 조남예 시인과 만났다. 각자의 시집에 어떤 힘이 상호 삼투되었는지 궁금하다. 그게 무엇이든 좋은 의미가 되었을 것만 같다. 그와 내가 새롭게 쓰는 시들에 그 가치가 조금씩 묻어 나올 것이라고 믿는다.

이인삼각으로 달렸던 시간들이 끝났지만 보이지 않는 인연의 끈으로, 조남예 시인과 내가 단단히 묶여 있으면 좋겠다. 그리하여 우리가 떨어져 있어도 아름답게 발맞추어 나가는 삶이라면 좋겠다. 온 마음을 다했으므로 당연한 심정이라고 말해야 할까.

짧게 쓰려고 했는데, 쓰다 보니 글이 길어졌다. 때론 짧게 쓸 수 없는 글도 있는 듯하다. 그와, 아니 조남예 시인과 반 년여를 함께 했으니 그럴 만도 하다. 바람이 있다면, 시집 출간 이후에 함께 시 낭독회를 꼭 열고 싶다. 이 시집을 만드는 과정에 함께해 주신 모든 분들이 참석해 주신다면 정말로 행복하겠다. 요즘 그런 것을 느끼며 살고 있다. 글로 표현할 수 있는 마음들이 정말 무한하다는 것. 그래서 글로 써야 할 것들이 이렇게 유한하다는 것도. 이 마음이 어떤 것인지, 조남예 시인도 알 것만 같다. 오늘도 내일도 나의 소원은 이것이다. 그의 시 쓰기가 평생 계속되었으면 좋겠다.

정미소는 한 세계를 깨뜨리고자 하는
모든 개인의 고백을 응원합니다.
xmasnight@daum.net

책 제목 자꾸자꾸 사람이 예뻐져

2022년 4월 20일 1판 1쇄 인쇄
2024년 4월 1일 2판 1쇄 발행

지은이 조남예 김승일
편집 서민재
디자인 한누리
펴낸이 김민섭
펴낸곳 정미소

출판등록
주소 서울특별시 마포구 성산동 218번지 402호
이메일 xmasnight@daum.net

ISBN 979-11-985182-0-0 03810